www.ingramcontent.com/pod-product-compliance
Lightning Source LLC
LaVergne TN
LVHW010418070526
838199LV00064B/5340
* 9 7 8 9 3 5 8 7 2 0 3 9 6 *

زندگی کے اسٹیج پر

(ایک دلچسپ و سنسنی خیز کہانی)

مصنفہ:

حسنیٰ بانو تبسم

© Taemeer Publications

Zindagi ke stage par *(Kids story)*
by: Husna Bano Tabassum
Edition: May '2023
Publisher & Printer:
Taemeer Publications, Hyderabad.

ISBN 978-93-5872-039-6

9 789358 720396

مصنف یا ناشر کی پیشگی اجازت کے بغیر اس کتاب کا کوئی بھی حصہ کسی بھی شکل میں بشمول ویب سائٹ پر اَپ لوڈنگ کے لیے استعمال نہ کیا جائے۔ نیز اس کتاب پر کسی بھی قسم کے تنازع کو نمٹانے کا اختیار صرف حیدرآباد (تلنگانہ) کی عدلیہ کو ہو گا۔

©تعمیر پبلی کیشنز

کتاب	:	**زندگی کے اسٹیج پر** (بچوں کی کہانی)
مصنفہ	:	**حسنیٰ بانو تبسم**
صنف	:	ادب اطفال
ناشر	:	تعمیر پبلی کیشنز (حیدرآباد، انڈیا)
زیر اہتمام	:	تعمیر ویب ڈیولپمنٹ، حیدرآباد
سالِ اشاعت	:	۲۰۲۳ء
تعداد	:	(پرنٹ آن ڈیمانڈ)
طابع	:	تعمیر پبلی کیشنز، حیدرآباد -۲۴
صفحات	:	۴۲
سرورق ڈیزائن	:	تعمیر ویب ڈیزائن

اِنتساب

محترمہ آغا باجی (گل رُخ سلطانہ صاحبہ چغتائی ایم۔اے۔بی ٹی)
کی خدمت میں جو مجسمہ خلوص ہیں اور دوسروں کو خلوص کا سبق دیتی ہیں

اور

پیکرِ صُلح و آشتی جنابہ **نجمہ شبنم** کہکشاں (کراچی) سے
اظہارِ عقیدت کے لئے اور بہن **فیروزہ بیگ** کے نام
جن سے محبت اور وفا کی اُمیدیں وابستہ ہیں۔

حسنیٰ بانو تبسم

پیش لفظ

ایک مہذب اور صاف ستھرے سماج اور ملک و ملت کے زریں مستقبل کے لیے ادب اطفال کی جتنی ضرورت ہمیں کل تھی، آج بھی ہے۔ ان کہانیوں میں وعظ و پند کا شور نہیں بلکہ انسان دوستی اور ہمدردی کی دھیمی دھیمی اور بھینی بھینی مہک ہونی چاہیے۔

بچوں کے ادب کی زبان نہایت آسان ہونی چاہئے۔ طرز ادا اور اسلوب بیان ایسا ہو کہ بچے بخوشی انہیں پڑھیں، ان میں دلچسپی لیں، ان کو پڑھ کر مسرت محسوس کریں۔ کہانیوں میں مختلف دلچسپ واقعات کی شمولیت سے بچوں کی دلچسپی کو بڑھایا جا سکتا ہے۔

یہ کتاب دراصل انگریزی کی ایک کہانی کا اردو ترجمہ ہے۔ اور اس کہانی کا اخلاقی پہلو یہ ہے کہ لڑکیاں اگر صبر و استقلال سے تکالیف برداشت کرنے کی ٹھان لیں تو کوئی شخص بھی خواہ وہ بادشاہ ہی کیوں نہ ہو، ان کو خراب نہیں کر سکتا۔

رات کے آٹھ بجے ہوں گے، آسمان پر کالی کالی گھٹائیں چھائی ہوئی تھیں، بادل گڑگڑائے، بجلی چمکی اور موسلا دھار بارش شروع ہوگئی۔ راہ گیر بری طرح سے بھاگنے لگے اور کچھ ہی دیر بعد "آزاد مارکیٹ" "خاموش مارکیٹ" بن گئی۔ "پٹھان ہاؤس" کے ہال میں بہت سے قہقہے بلند ہوئے اور پھر بحث شروع ہوگئی۔

راجہ: شنو باجی یہ اخبار والے بھی غضب کے جھوٹے ہوتے ہیں آج میں نے لائبریری میں نہ جانے کس اخبار میں پڑھا تھا کہ ایک باپ نے اپنی بیٹی سے شادی کرلی۔ توبہ چھی چھی کیسی گندی گندی باتیں لکھتے ہیں یہ لوگ!! شرم بھی نہیں آتی۔

راشد: ارے یار یہ کوئی نئی خبر نہیں ہے۔ آئے دن ایسی خبریں آتی رہتی ہیں۔ اخبار والے کوئی جھوٹی خبر نہیں چھاپ سکتے، مقدمہ نہ چل جائے ان پر؟

راجہ : توکیا یہ خبریں سچ ہوتی ہیں ؟

راشد : اور نہیں تو کیا جھوٹ ——— ؟

راجہ : (غصّہ سے چیخ کر) اگر مجھے یہ معلوم ہو جائے کہ فلاں شخص نے اپنی بیٹی سے شادی کی ہے تو میں اس مردود کو جان سے ختم کردوں۔

راشد : اور اس بیٹی کو جان سے نہ مارو جو اپنے باپ سے شادی کرے ؟

نصرت : واہ بھئی واہ ——— قصور تو سارا باپ کا ہوتا ہے، لڑکیاں تو غریب مجبور ہوتی ہیں، اس میں ان کا کیا قصور، وہ کر ہی کیا سکتی ہیں ——— ؟ ؟

کشور : ہاں نصرت یہ ٹھیک ہے کہ لڑکیاں مجبور ہوتی ہیں۔ اور سارا قصور باپ کا ہی ہوتا ہے مگر وہ چاہیں تو خود کو ضرور اس شرم ناک گناہ سے بچا سکتی ہیں شنو باجی ! بولئے نا آپ کیا سوچ رہی ہیں ؟

شنو باجی : میں سامنے میز پر رکھے ہوئے گلدانوں کو دیکھ رہی ہوں پھولوں کا حُسن دل کش صرف درختوں تک ہی ہوتا ہے ۔

راشد : یہ شاعرانہ سوچ وچار پھر کسی وقت کے لئے اُٹھا رکھئے ۔ اس وقت تو ہم لوگوں سے باتیں کیجئے ۔

شنو باجی: ہاں میں تم لوگوں کی باتیں سُن رہی تھی ـــــ کشور نے معقول بات کہی ہے ـــــ

نصرت: اُنھوں نے کیا معقول بات کہی ہے ـــــ؟

شنو باجی: یہی کہ لڑکیاں چاہیں تو اپنی حفاظت کرسکتی ہیں۔

نصرت: کیسے کرسکتی ہیں اپنی حفاظت ـــــ؟

شنو باجی: شہزادی یاسمین نے خود کو باپ کے چنگل سے کس طرح بچایا ـــــ؟ تمھیں نہیں معلوم۔ وہ بھی ایک ایسی ہی بدنصیب لڑکی کی کہانی ہے؟

راشد: وہ کہانی ہم نے بھی نہیں سُنی، ضرور سُنائیے کیا کہانی ہے ـــ؟

راجہ: اور میں نے بھی نہیں سُنی وہ کہانی ـــــ

شنو باجی: اچھا راجہ! جاؤ تم سب بچّوں کو بلالاؤ، وہ بھی کہانی سُن لیں گے ورنہ بعد میں ناک میں دم کردیں گے۔

راجہ جاتا ہے۔ فیروز، نزہت، عصمت، برجیس وغیرہ کو بُلالاتا ہے۔ تمام بچے آتے ہیں، اور خوش خوش گول میز کے آس پاس پڑی ہوئی کرسیوں پر بیٹھ جاتے ہیں۔

برجیس: (ہال میں داخل ہوتے ہوئے) شنو باجی آپ کہانی کہہ رہی ہیں یا گول میز کانفرنس کی صدارت کررہی ہیں ـــــ؟

شنو باجی : (ہنستے ہوئے) تم اسد بھائی سے کہانیاں سنتی رہتی ہو، مجھے کہانی کہنی آتی ہی کب ہے ــــــ؟

برجبیں : اچھا باجی اب کہانی شروع کر دیجئے نا۔

(شنو باجی کہانی شروع کر دیتی ہیں)

کسی زمانے میں ایک بہت ہی دولت مند اور مشہور بادشاہ تھا۔ اس کی ملکہ نسرین حسن و خوب صورتی، دل کشی اور نزاکت میں اپنا ثانی نہ رکھتی تھی، خاص بات جو اُس میں تھی وہ اس کے بال تھے اس کے بال ہمارے تمہارے جیسے نہیں بلکہ سونے کے تھے۔

عصمت : کیا باجی اس کے بال سُنہرے تھے؟

شنو باجی : نہیں جی! اُس کے سر میں قدرتی طور پر سونے کے مہین تاروں کے حسین ترین بال تھے۔ ملکہ نسرین کو اپنے ان غیر معمولی بالوں پر بڑا ہی ناز تھا۔ شادی کے دو سال بعد ان کے چمن حیات میں ایک ننھی مُنی معصوم کلی نے جنم لیا۔ جس کی خوش بو سے سارا محل مہک اُٹھا۔ یہ کلی تھی شہزادی یاسمین ــــــ ابھی شہزادی یاسمین کی عمر چھ سال کی ہی تھی کہ ملکہ نسرین بیمار ہوگئی بادشاہ نے دُنیا بھر کے حکیموں، ڈاکٹروں کے علاج کئے لیکن وہ اچھی نہ ہوئی۔ ملکہ نسرین کی حالت خراب اور خراب تر

ہوگئی گئی۔ ملکہ نسرین کو اپنی معصوم بچی سے بے پناہ محبت تھی۔ وہ ہر وقت اس کے مستقبل کے بارے میں ہی سوچتی رہتی تھی کہ میرے مرجانے کے بعد نہ جانے اس معصوم کا کیا حشر ہوگا۔ وہ موت سے نہیں ڈرتی تھی۔ وہ زندہ رہنا چاہتی تھی۔ اپنے لئے نہیں، اپنی شہزادی یاسمین کے لئے وہ پہردن سوچتی رہتی۔

بادشاہ اُس سے بے انتہا محبت کرتا تھا۔ ہر وقت اس کے پاس بیٹھا رہتا تھا، کوئی تاج وتخت لے لے لیکن ملکہ نسرین کو اچھا کردے۔

ایک دن ملکہ نے بادشاہ سے کہا" وعدہ کیجئے میرے مرنے کے بعد اگر آپ نے دوسری شادی کی تو ایسی ہی لڑکی سے کریں گے جو نہ صرف میری ہم شکل ہو بلکہ اس کے سر میں میری طرح سونے کے حسین ترین بال بھی ہوں۔" ملکہ کی آنکھوں سے آنسو بہنے لگے۔ اور بادشاہ بھی بے قرار ہوگیا۔ اس نے ملکہ کا ٹھنڈا ہاتھ اپنے ہاتھ میں لے کر ملکہ کو یقین دلایا ——

ملکہ کی حالت روز بروز گرتی گئی۔ اور ایک صبح ملکہ کا انتقال ہوگیا۔ محل میں کہرام مچا ہوا تھا۔ شاہی جھنڈا سرنگوں کردیا گیا ہر جگہ

سیاہ ماتمی جھنڈیاں لہرانے لگیں۔ شہر بھر میں مکمل خاموشی اور گہرا سکوت تھا۔ ہر چیز سے وحشت اور اُداسی ٹپک رہی تھی۔ جس وقت ملکہ نسرین کا جنازہ اُٹھنے والا تھا اور میت کا آخری دیدار کیا جارہا تھا بادشاہ نے حکم دیا کہ شہزادی یاسمین کو بھی ملکہ نسرین کا چہرہ دکھادیا جائے، اب عمر بھر وہ اس چہرے کو نہ دیکھ سکے گی۔ بادشاہ نے خود ہی ننھی شہزادی کو اپنی گود میں لے لیا۔ معصوم یاسمین نے ملکہ نسرین کو سفید لباس میں تابوت میں خاموش لیٹا ہوا دیکھ کر بادشاہ سے پوچھا "ابو جان! آج اَمّی اتنی خاموش کیوں ہیں؟ انھوں نے یہ کیسا خراب لباس پہنا ہے؟" وہ نہیں جانتی تھی کہ موت کس بلا کا نام ہے اور کفن کس لباس کو کہتے ہیں۔ شہزادی یاسمین کے اس سوال پر بادشاہ چیخیں مار مار کر رونے لگا۔ اور سب ہی تڑپ اُٹھے۔

شہزادی یاسمین ماں کے پیار سے محروم ہوگئی۔ لیکن بادشاہ اس پر جان قربان کرتا تھا۔ وہ گھنٹوں اس چھوٹی سی شہزادی سے باتیں کیا کرتا تھا۔ ہر طرح اس کی دیکھ بھال کرتا محل کی سب سے پُرانی اور وفادار کنیز زبیدہ کو خاص طور پر شہزادی کے لئے مقرر کیا گیا۔ زبیدہ کی ایک لڑکی سلمٰی تھی۔ جو شہزادی یاسمین کی ہم عمر تھی۔ شہزادی یاسمین سلمٰی کے ساتھ ہی رہتی تھی۔ دونوں ایک دوسرے

کے ساتھ ہر وقت سائے کی طرح رہتیں

وقت گزرتے دیر نہیں لگتی ۔ ملکہ کے انتقال کو پورے دس سال گزر گئے ۔ اب بھی بادشاہ ہر وقت ملکہ نسرین کی یاد میں آنسو بہاتا رہتا۔ اس کو امورِ سلطنت میں وہ دلچسپی نہیں رہی جو ہونی چاہیے تھی۔ خیر خواہ امیر و وزیر ہر وقت دوسری شادی کے لیے سمجھاتے رہتے تھے ۔ بادشاہ کے خیالات میں تبدیلی پیدا ہوتی گئی ۔ اور وہ دوسری شادی کرنے پر راضی ہوگیا ۔ ایک دن بادشاہ نے وزیرِ اعظم رحمان سے کہا " اگر واقعی آپ لوگ چاہتے ہیں کہ ہماری شادی ہوجائے تو آپ ایسی لڑکی تلاش کیجیے جو نہ صرف ملکہ نسرین کی ہم شکل اور اس کی طرح خوب صورت ہو بلکہ اس کے بال بھی ویسے ہی سونے کے ہوں "۔

وزیرِ اعظم رحمان نے دور دور ملکوں میں قاصد روانہ کئے لیکن ہر جگہ ناکامی کا سامنا ہوا۔ قاصد کئی مہینے تک اِدھر اُدھر خاک چھاننے کے بعد واپس آگئے ۔ اور بادشاہ کے حضور میں حاضر ہوکر وزیرِ اعظم رحمان نے عرض کیا " عالی جاہ ! دنیا میں حسین لڑکیوں کی کمی نہیں ہے ۔ لیکن ملکہ خلد آشیانی کی طرح سونے کے

بالوں والی لڑکی کا ملنا نہ صرف مشکل بلکہ نا ممکن ہے

بادشاہ شادی کے خیال میں سونے کے بالوں والی لڑکی کے متعلق سوچتا ہوا محل میں داخل ہوا۔ اُس کی نظر کنیزوں کے جھرمٹ میں گھری ہوئی شہزادی یاسمین پر پڑی اور وہ انگشت بدنداں اس کو دیکھتا ہی رہ گیا۔ اس کو ایسا معلوم ہوا۔ ملکہ مری نہیں بلکہ سامنے کھڑی ہوئی مسکرا رہی ہے۔ وہی سونے کے حسین ریشمی بال دائیں رخسار پر تِل۔ گلاب کے پھول کی طرح شفاف پاکیزہ رنگت، وہی حُسن، وہی نزاکت، بادشاہ تڑپ اُٹھا۔ اور فوراً ہی محل سے واپس چلا گیا۔ اسی وقت اس نے وزیر اعظم رحمان کو بلا کر کہا "جس ملکہ کی تلاش میں آپ لوگ سرگرداں تھے وہی سونے کے بالوں والی ملکہ مل گئی۔"

وزیر اعظم رحمان نے پوچھا "عالی جاہ کہاں سے ملیں ——؟؟"

"سونے کے بالوں والی شہزادی یاسمین، اب ہم اسی سے شادی کریں گے۔" وزیر اعظم رحمان بادشاہ کی یہ عجیب وغریب بات سُن کر لرز اُٹھا۔ اس نے ہمت کر کے کہا —— "عالم پناہ! یہ کس طرح ممکن ہے مذہب اس بات کی اجازت نہیں دیتا، اور نہ

قانون۔ پھر یہ شادی ایک باپ کی اپنی ہی بیٹی سے کس طرح ممکن ہے عالی جاہ! سوچیے"

"خاموش رہو، ہمارا یہی ارادہ ہے ہمیں مذہب کی پرواہ نہ قانون کا خیال۔ قانون ہمارا ہی بنایا ہوا ہے۔ دنیا کی کوئی طاقت ہمیں نہیں روک سکتی، ہماری شادی شہزادی یاسمین سے ہو کر رہے گی" بادشاہ گرجا۔

چاند آسمان پر چمک رہا تھا۔ دور کہیں بادلوں کے ٹکڑے بھاگ رہے تھے۔ باغ میں کلیاں چٹک رہی تھیں، پھول مہک رہے تھے، بادشاہ باغیچہ میں صوفے پر بیٹھا ہوا نہ جانے کیا سوچ رہا تھا، شہزادی یاسمین نے پہلی بار بادشاہ کو اتنا فکرمند دیکھا تھا، اس لئے وہ بھی اداس تھی۔

"یاسمین" بادشاہ نے آہستہ سے پکارا۔

"جی حاضر ہوں عالی جاہ!" شہزادی یاسمین کی آواز فضا میں لہرائی "آج تم شہزادی یاسمین ہو۔ لیکن کل اس وسیع سلطنت کی ملکہ بنادی جاؤ گی، آج میں تمہارا باپ ہوں، اور تم میری بیٹی۔ کل تم میری ملکہ اور میں تمہارا..." بادشاہ کی آواز حلق میں پھنس کر رہ گئی۔

شہزادی یاسمین چکرا کر گر پڑی ۔ چاند نے شرم سے اپنا چہرہ بادلوں میں چھپا لیا۔ شاخیں غیرت سے جھک گئیں اور ستارے آپس میں سرگوشیاں کرنے لگے ۔

بادشاہ نے شہزادی کو اٹھایا۔ کچھ دیر بعد وہ ہوش میں آگئی، بادشاہ اس کو سمجھاتا رہا وہ خاموشی سے سب کچھ سنتی رہی۔

"تمھیں اجازت ہے ، کل تک تم سوچنا اور فیصلہ کرنا۔ جاؤ خدا حافظ" بادشاہ نے آخری بار کہا۔

شہزادی یاسمین مضمحل اپنی خواب گاہ میں واپس آئی اور بستر پر گر کر پھوٹ پھوٹ کر رونے لگی ۔ اس وقت اس کو ملکہ نسرین کا خیال آرہا تھا وہ اُٹھی اور دیوار پر آویزاں قد آدم ملکہ نسرین کی تصویر کے پاس گئی اور دونوں ہاتھ ٹیک کر زار و قطار رونے لگی۔ اس کو ایسا محسوس ہوا جیسے ملکہ نسرین بھی رو رہی ہیں، اور وہ حقیقت میں ملکہ کی آغوش میں ہے ۔ وہ کھڑی ہوگئی اور کہنے لگی "امی! آپ کیوں خاموش کیوں ہیں۔ آج آپ کی بدنصیب بیٹی پر ظلم و ستم کے پہاڑ ٹوٹ پڑے ہیں آپ ہمیشہ دوسروں کی مدد کرتی تھیں آج اپنی بدنصیب بیٹی کی مدد کیوں نہیں کرتیں۔ مجھے اپنے پاس بلا لیجیے نا ___ امّی! وہ چیخ اُٹھی۔ اور گر کر بے ہوش ہوگئی۔ وفادار خادمائیں چاروں طرف جمع ہوگئیں۔ لیکن یہ سوائے سلمیٰ کے کسی

کو بھی نہیں معلوم تھا کہ شہزادی یاسمین کیوں رنجیدہ ہوئی ہیں۔

سلمیٰ شہزادی یاسمین کی نہ صرف خادمہ تھی بلکہ وہ اس کی ہمدرد سہیلی رازدار اور غم گسار بھی تھی۔ اس نے بڑھ کر شہزادی یاسمین کو چھپر کھٹ پر لٹا دیا۔ کچھ دیر بعد وہ ہوش میں آگئی۔ اس نے کہا "میری طبیعت ٹھیک ہے، تم سب چلی جاؤ مجھے سکون اور خاموشی کی ضرورت ہے، صرف سلمیٰ کو یہاں رہنے دو"

سب خادمائیں چلی گئیں، سلمیٰ شہزادی یاسمین کے دل کش بالوں میں اپنی مخروطی انگلیوں سے کنگھی کرنے لگی۔ تنہائی میں ایک مونس وغم خوار کو دیکھ کر شہزادی یاسمین اس کی گود میں منہ چھپا کر بچوں کی طرح بلبلا کر رونے لگی۔ سلمیٰ اس کو سمجھاتی رہی، جوں جوں رات گزر رہی تھی شہزادی کی پریشانیاں اور بھی بڑھتی جا رہی تھیں سلمیٰ نے اللہ جانے کیا باتیں شہزادی کے کان میں کہیں کہ وہ خوشی سے مسکرانے لگی، اس کے زرد چہرے پر ایک بار پھر شفق کی سی سرخی دوڑ گئی۔ وہ اٹھ کر بیٹھ گئی اور سلمیٰ کو پیار کر کے کہنے لگی "ہاں یہ تم نے بہت اچھی باتیں کہیں۔ یہ ایسی شرائط ہیں جو ابا جان پوری نہ کر سکیں گے، اور پھر یہ شادی۔ ایک باپ کی اپنی بیٹی سے نہ ہو سکے گی" وہ آپ ہی آپ قہقہے لگانے لگی۔

صبح ہوتے ہی ظالم بادشاہ نے شہزادی یاسمین کو بلا کر پوچھا "کیوں تم نے کیا سوچا۔ اور کیا فیصلہ کیا ۔۔۔۔۔؟"
شہزادی لرز گئی۔ اس نے ہمت کر کے جواب دیا "جو مرضی عالی جاہ کی لیکن ۔۔"
"لیکن کیا ۔۔۔۔؟" بادشاہ نے تیزی سے پوچھا ۔۔۔۔
"میں چاہتی ہوں کہ شادی کے موقع پر عالی جاہ میری مرضی کے مطابق پوشاکیں بنوا کر دیجئے گا" شہزادی نے ڈرتے ڈرتے عرض کیا۔
"پوشاکیں؟" بادشاہ نے قہقہہ لگاتے ہوئے پوچھا ۔۔۔ "بتاؤ کیسی پوشاکیں بنوانا چاہتی ہو؟"
شہزادی یاسمین سوچ سوچ کر کہنے لگی "تین پوشاکیں ایک سورج کی پوشاک ایسی کہ جب پہنی جائے تو لوگ سمجھیں آسمان پر اپنی پوری آب و تاب کے ساتھ سورج چمک رہا ہے ؎
دوسری پوشاک، چاند کی پوشاک ہوگی، ایسی پوشاک کہ لوگوں کی نگاہیں اس چاند کی روشنی، حسن اور دل کشی پر جم کر رہ جائیں ۔
تیسری پوشاک ستاروں کی ہوگی، نیلے آکاش پر

جھل مل جھل مل کرتے ہوئے روشن خوب صورت ستارے۔

اور ایک گاؤن۔ دنیا کے تمام چرندوں پرندوں اور درندوں کی کھالوں کو جوڑ کر بنایا ہوا گاؤن ______

بادشاہ بہت ہی غور سے شہزادی یاسمین کی باتیں سنتا رہا۔ اور پھر اس کی طرف دیکھتے ہوئے کہنے لگا ''جاؤ اطمینان رکھو تمھاری مرضی کے مطابق جب پوشاکیں اور گاؤن تیار ہو جائے گا تب ہی شادی ہوگی ''

شہزادی یاسمین سوچتی ہوئی چلی گئی۔

تین مہینے بعد بادشاہ نے شہزادی یاسمین کو بلا کر پوشاکیں دکھلاتے ہوئے کہا '' یہ دیکھو تمھاری مرضی کے مطابق ہمارے قابل سائنس دانوں نے سب کچھ کر دیا تمہاری اس سورج کی پوشاک میں حرارت و تمازت سب کچھ ہے۔ لیکن تمھیں کسی قسم کا نقصان نہیں ہو سکتا۔ یہ چاند کی پوشاک کا حسن بھی دیکھ لو اور ستاروں کی پوشاک کی دل کشی و نزاکت ۔ اور یہ رہا تمھارا ڈراؤنا گاؤن ، کتنی وحشت برس رہی ہے اس پر، اب کل ہماری شادی

"............ کا دن ہے۔"

شہزادی مسکراتی شرماتی لجاتی ہوئی چلی گئی۔ بادشاہ سمجھا شہزادی اپنی مرضی کے مطابق پوشاکیں اور گاؤن دیکھ کر بے حد خوش ہے۔ اس لئے اس نے وہ تمام پوشاکیں اور گاؤن بھی شہزادی کے پاس بھجوا دیں۔

سارا محل قندیلوں اور فانوسوں کی روشنی میں جگ مگ جگ مگ کر رہا تھا۔ شادی کی تیاریاں ہو رہی تھیں۔ ہر شخص اس شادی کے خلاف تھا۔ لیکن اتنی ہمت کس میں تھی جو ایک حرف بھی اپنی زبان سے نکال سکتا۔

بدنصیب شہزادی یاسمین کے لئے رات انتہائی تاریک اور ڈراؤنی تھی۔ وہ بے چینی کے عالم میں کمرے میں ٹہل رہی تھی۔ "وقت تیزی سے گذر رہا ہے، مجھے ضرور کچھ کرنا چاہیئے" وہ آپ ہی آپ کہہ رہی تھی۔ اس نے تیزی کے ساتھ صندوق کھولا۔ انتہائی قیمتی زیورات نکالے۔ ہار۔ انگوٹھی۔ جھومر۔ ٹیکہ۔ یہ چیزیں ملکہ نسرین نے بطور نشانی شہزادی یاسمین کے لئے رکھوائی تھیں نہیں

وہ آج اُٹھا رہی تھی۔ اس نے چاہا کہ انگوٹھی میں سے ہیرا نکال کر نگل جائے اور اپنی زندگی کا خاتمہ کر دے۔ وہ یہ سوچ ہی رہی تھی کہ اس کی نظر ملکہ نسرین کی تصویر پر پڑی۔ جیسے ملکہ ڈانٹ کر کہہ رہی ہو " یاسمین! خودکشی کرنا بزدلی ہے۔ شہزادیوں کو خودکشی کرنا زیب نہیں دیتا۔ خبردار جو تم نے خودکشی کی " شہزادی کانپنے لگی۔ اور اس نے انگوٹھی زیورات میں رکھ دی۔ اب وہ اپنی پھول سے زیادہ ہلکی اور انتہائی نظر فریب پوشاکوں کے سامنے کھڑی ہوئی تھی۔ سلمیٰ نے ہچکیوں کے بیچ ان پوشاکوں کو زیورات کو اور دوسری تمام ضروری چیزوں کو ایک بقچی میں باندھا۔

اور سسکیاں لیتی ہوئی شہزادی یاسمین کے قدموں پر گر پڑی کہنے لگی " میری پیاری شہزادی! مجھے اپنی خدمت کیلئے اپنے ساتھ لے چلیئے۔ آپ کے بغیر مجھے اپنی زندگی بے کیف نظر آتی ہے۔ یہ محل میرے لئے قیدخانہ بن جائے گا۔ خدا کے لئے مجھ کو اپنے ساتھ لے چلیے رانا "

شہزادی یاسمین تڑپ اٹھی اور کہنے لگی " سلمیٰ تم ہی میری ہمدرد مونس اور غم گسار ہو۔ تمہارے بغیر مجھے کبھی چین نہیں آیا اور نہ آئے گا۔ لیکن خدا کے لئے میری اس بات کو مان لو۔ تم یہیں پر رہو

ورنہ سب کہیں گے کہ سلمیٰ نے شہزادی کا اغوا کیا۔ اس سے نہ صرف تمھاری عزت پر حرف آتا ہے بلکہ میری معصومیت پر بھی لوگوں کو شبہ ہوگا کہ نہ جانے اپنے کس عاشق کی وجہ سے بھاگی۔"

اور پھر شہزادی یاسمین نے ایک انتہائی معمولی سیاہ جوڑا پہنا سارے جسم پر اور بالوں پر نہ جانے کیا دوا یا سفوف ملا کہ بالکل سیاہ فام نظر آنے لگی۔

پھر وہ ملکہ کی تصویر کے پاس کھڑی ہوگئی روتی رہی اور تصویر کو دیکھتی رہی۔ ہر چیز پر حسرت بھری نظر ڈالی۔ بقچی بغل میں دبائی اور اوپر سے گاؤن اوڑھا۔ اور محل سے نکل گئی۔

رات کی تاریکی میں باغ میں دو سائے لہرائے۔ برق رفتار گھوڑے پر سلمیٰ نے زین کسا اور شہزادی یاسمین کو سہارا دے کر گھوڑے پر بٹھا دیا۔

"میری سلمیٰ جاؤ، خدا تمھیں اجرِ عظیم عطا فرمائے اور اپنے حفظ و امان میں رکھے (آمین)" شہزادی نے گھوڑے کو ایڑ لگائی اور سلمیٰ آنسوؤں کے ساتھ شہزادی کو الوداع کہتی ہوئی محل میں خاموشی کے ساتھ واپس آگئی۔

رات کی تاریکی میں گھوڑا ہوا کی مانند دوڑا چلا جا رہا تھا۔

شہزادی یاسمین جارہی تھی۔ محل سے نکل کر تخت وتاج کو ٹھکرا کر اپنے وحشی باپ سے دُور بہت ہی دُور شہزادی کا دِل بلیوں اچھل رہا تھا۔ اس کا تمام جسم پسینے میں شرابور ہو رہا تھا۔ ساری رات گھوڑا ہوا کے پروں پر خوفناک جنگلوں میں دوڑتا رہا۔

سپیدۂ سحر نمودار ہو رہا تھا اور وہ "خارا" کی سرحد سے باہر ہو چکی تھی۔ اب وہ ایک گنجان جنگل میں تھی ساری رات سفر کرنے کی وجہ سے وہ بہت ہی تھک گئی تھی۔ اس لئے وہ گھوڑے پر سے اُتر پڑی۔ گھوڑے کو چرنے کے لئے چھوڑ دیا، اور خود ایک درخت کے نیچے لیٹ رہی۔ اس کا قیمتی سرمایہ "بقچی" اس کے حوصلہ مند ہاتھوں میں تھی۔ اس نے اپنا تمام جسم گاؤن میں چھپا دیا۔ بہت ہی تھکی ہوئی تھی، لیٹتے ہی سو گئی۔ نرم نرم گدوں پر سونے والی بدنصیب شہزادی یاسمین خس و خاشاک پر پڑی ہوئی بے خبر سو رہی تھی۔

پونم کا شہزادہ شارق کمال چند شکاریوں کے ساتھ اپنے اس جنگل میں بغرض شکار آیا ہوا تھا۔ شہزادہ شارق کمال نے

تیر چلایا۔ ایک ہرن زخمی ہو کر بھاگ گیا۔ شہزادے نے حکم دیا کہ ہرن کو تلاش کر کے لایا جائے۔

عصمت بانو: "پونم" کہاں ہے۔ میں نے تو آج ہی یہ نام سُنا ہے شنو باجی؟

شنو باجی: ہاں عصمت "پونم" نام تمھارے لئے بالکل نیا ہی ہوگا۔ پرانے زمانے میں عجیب وغریب نام ہوتے تھے۔

نزہت: شہزادہ نے ہرن کو ڈھونڈھنے کا حکم دیا پھر کیا ہوا؟

شنو باجی: شکاری جنگل میں اِدھر اُدھر ہرن تلاش کر رہے تھے کہ ان کی نظر ایک درخت کے نیچے خوفناک رنگ برنگ کی کھال پر پڑی۔ اور وہ بُری طرح ڈر کر بھاگے۔

نصرت: وہ لوگ ڈر کر کیوں بھاگے ——— ؟

شنو باجی: وہ لوگ سمجھے کہ یہ کوئی عجیب جانور ہے جو یہاں پر سو رہا ہے، اس لئے وہ لوگ بھاگے اور شہزادہ شارق کمال سے کہنے لگے کہ عالی جاہ! وہ درخت کے نیچے ایک انتہائی خوفناک جانور سو رہا ہے۔ شہزادہ نے حکم دیا کہ جاؤ اس کو زندہ گرفتار کر لو، اور محل میں لے چلو۔ کچھ سپاہی بندوقیں تان کر کھڑے ہو گئے اور کچھ زنجیروں میں اس کو جکڑنے لگے۔

جس وقت وہ لوگ اس کو زنجیروں میں جکڑ رہے تھے وہ غریب گھبرا کر اُٹھ بیٹھی کہنے لگی "مجھ بد نصیب کو کیوں باندھ رہے ہو۔ میں نے تمہارا کیا کیا ہے؟؟"

شکاری ڈر گئے۔ وہ سمجھے کہ یہ کوئی خوفناک بلا ہے۔ اُس کی فریاد کسی نے نہیں سُنی، اور اس کو بڑی بے رحمی سے باندھ لیا گیا۔ محل پر پہنچتے ہی شہزادہ شارق کمال نے حکم دیا۔ اس عجوبہ روزگار کو ہمارے سامنے حاضر کیا جائے ــــــ"

احتیاط کے لئے کچھ سپاہی بندوقیں تان کر کھڑے ہو گئے اور کچھ سپاہیوں نے اس کو کھولنا شروع کیا۔ وہ خوفناک گاؤن میں خود کو سرتاپا چھپائے ہوئے کھڑی تھی۔

شہزادے نے پوچھا "تم کون ہو ــــــ؟"

"میں دنیا کی سب سے زیادہ بد قسمت لڑکی ہوں" اس نے سہمی ہوئی آواز سے کہا

"چالاک ــــــ مکار ــــــ نہ جانے کیا بلا ہے۔ ہم کو دھوکا دینا چاہتی ہے۔" جاؤ اس عجوبہ بلا کو قید کر دو۔"

عصمت بانو: افوہ کتنی مصیبتیں پڑی ہیں، معصوم شہزادی یاسمین پر !!

شنو باجی :۔ ہاں دیکھو کیسی کیسی مصیبتیں پڑی ہیں بے چاری شہزادی پر
واقعی کسی نے سچ ہی کہا ہے کہ انسان کی زندگی ایک ڈراما ہے
جو زندگی کی اسٹیج (دنیا) پر غیر ارادی طور پر کھیلا جاتا ہے۔
نصرت : پھر کیا ہوا شہزادی یاسمین کا ــــــــــ ؟
شنو باجی : شہزادی یاسمین کو خوفناک بلا سمجھ کر بری طرح گھسیٹ
کرلے جایا گیا۔ اور ایک محل میں قید کر دیا اُس محل میں ایک
چھوٹا سا مگر بہت اچھا باغیچہ تھا، خوب مزے دار اچھے اچھے
پھل اُگ رہے تھے ۔ ایک حوض تھا۔ یہ حوض اس لئے
تھا کہ وہ خوفناک بلا اس میں اچھی طرح نہائے، غوطے لگائے
پانی پیئے ۔ اور کئی من چھنی ہوئی راکھ بادشاہ نے اس
جگہ ڈلوادی تاکہ وہ اس میں خوب لوٹا پوٹا کرے ۔ تیتر بٹیر
اور ایسے ہی بہت سے دوسرے پرند وہاں پر چھوڑدیئے گئے
تاکہ وہ خوفناک بلا اگر چاہے تو ان میں سے اچھی طرح
کھائے پیئے۔
راجہ :۔ اس کے کھانے پینے کا اس قدر انتظام کیوں کیا گیا
تھا ؟
شنو باجی :۔ شہزادہ شارق کمال اپنے دل میں سوچ رہا تھا کہ

یہ عجوبہ بلا جو منہ سے بولتی ہے، روئے زمین کے بادشاہوں میں سوائے میرے کسی اور کے پاس نہیں ہے۔ اس لئے وہ اُس کو اچھی طرح رکھنا چاہتا تھا۔ دروازہ میں تالا (قفل) لگا دیا گیا اور بہادر سپاہی ابوخاں کو پہرہ پر بیٹھا دیا گیا۔

بدنصیب شہزادی یاسمین کو جب بھوک لگتی پھل توڑ کر کھالیتی پیاس لگتی حوض کا پانی پی لیتی اور نیند آتی تو گاؤن بچھاکر سوجاتی تھی۔ اس طرح وہ اپنی زندگی کے دن عجب کس مپرسی کے عالم میں گذار رہی تھی۔ چنانچہ اس طرح رہتے رہتے اس کو دو مہینے ہوگئے وہ ہر وقت بارگاہِ الٰہی میں اپنی موت کی دعائیں مانگتی رہتی تھی۔

ایک دن مینڈھ کی سریلی آواز اس کے کانوں میں پہنچ کر ہیجانی کیفیت پیدا کرنے لگی اور اس کا دل عجیب سا ہونے لگا۔ وہ دروازہ کے قریب آئی، ابوخاں کو آواز دی، ابوخاں کا دل ایک نامعلوم خوف سے زور زور سے دھڑکنے لگا۔ اپنا نام خوفناک بلا کے منہ سے سن کر دل میں کہنے لگا " واقعی یہ تو کوئی بہت ہی عجوبہ شے ہے جب ہی تو اس کو میرا نام بھی معلوم ہوگیا" ابوخاں دروازے کے پاس آیا۔ اور ڈرتے ڈرتے پوچھا "کیا حکم ہے؟"

"کیا بات ہے آج؟ یہ بینڈ کی سُریلی آواز کیوں فضامیں گونج

رہی ہے ۔" شہزادی یاسمین نے پوچھا

ابوخاں کہنے لگے " آج ہمارے شہزادہ شارق کمال کی جشنِ تاجپوشی ہے ۔ بادشاہ سلامت کا انتقال اس وقت ہوگیا تھا جب شہزادۂ عالم کی عمر صرف پندرہ سال کی تھی ۔ اس لئے شہزادہ عالم کی طرف سے جاں نثار وزیرِ اعظم افتخار، حکومت کا کام سنبھالے ہوئے تھا ۔ آج شہزادۂ عالم کی عمر اٹھارہ سال کی ہوگئی ہے ۔ اُن کی تاج پوشی اور سال گرہ کی خوشی ایک ساتھ منائی جارہی ہے ۔"

" اور کوئی خاص بات ؟ " شہزادہ یاسمین نے پھر سوال کیا

" ہمارے شہزادۂ عالم شارق کمال کو بچپن ہی سے رقص و موسیقی کا بے حد شوق ہے ۔ آج مختلف ملکوں کی شہزادیاں جنھیں رقص و موسیقی سے لگاؤ ہے آئی ہوئی ہیں ۔ شہزادۂ عالم کے ساتھ رقص کرنے کے لئے ۔"

" کیا تمہارے شہزادۂ عالم کی شادی نہیں ہوئی ؟ " شہزادی یاسمین نے پوچھا ۔

" جی ہاں شادی نہیں ہوئی جب ہی تو یہ آزادیاں ہیں ۔" ابوخاں نے جواب دیا ۔

" ایک بات کہوں مانو گے ؟ "

"جی ہاں ضرور، فرمائیے کیا حکم ہے؟"

"مجھے پندرہ بیس منٹ کے لئے چلے جانے دینا۔ اگر انکار کروگے تو نقصان اٹھاؤ گے" ابو خاں سوچنے لگا کہ اگر نہ جانے دوں گا تو ضرور یہ عجوبہ شئے مجھے نقصان پہنچائے گی۔ بہتر ہے کہ اس کی بات مان لی جائے۔ ابو خاں نے اقرار کرلیا شہزادی یاسمین سوچنے لگی "مجھے بھی تو بچپن ہی سے رقص و موسیقی سے لگاؤ ہے" اور نہ جانے وہ کیا کیا سوچتی رہی۔

اس نے گاؤن اتار دیا۔ حوض میں مل مل کر خوب نہائی، گٹھڑی میں سے سورج کی پوشاک نکالی۔ اور دیکھتی رہی۔ سورج کی پوشاک اس نے پہنی، بال سنوارے، زیورات پہنے۔ تمام بناؤ سنگار کرنے کے بعد حوض میں اپنے آپ کو دیکھا اور خود ہی شرما گئی۔ گاؤن اوڑھا دروازہ پر آئی "ابو خاں دروازہ کھولو، لیکن اس بات کا کسی سے ذکر نہ کرنا، ورنہ جان و مال کی خیر نہ ہوگی" اس نے دھمکی دی۔

ابو خاں نے لرزتے ہوئے ہاتھوں سے دروازہ کھولا اور خود کہیں چھپ گئے۔

شہزادی یاسمین ایک نامعلوم راستے سے باغ میں گئی وہاں

کوئی نہ تھا۔ سب دعوت کے انتظامات میں لگے ہوئے تھے۔ اس نے اپنا گاؤن اُتار کر درختوں کی آڑ میں چھپا دیا اور خدا جانے کس طرح وہ بال روم (ناچنے کی جگہ) میں پہنچ گئی۔

سورج زمین پر اُتر آیا تھا۔ ہر ایک کی آنکھوں میں چکاچوند ہونے لگی۔ ایک حُسن کا شعلہ تھا۔ ہر شخص اُس انجانی ہستی کے لئے تعظیم سے جھک گیا۔

شہزادہ شارق کمال حُسن کے نشے میں چُور اس کی طرف بڑھا۔ اس نے بھی ہاتھ پھیلا دئے، اور پھر دونوں مصروفِ رقص تھے۔ دونوں مدہوش تھے۔ شہزادہ شارق کمال کی آنکھوں میں انتہائی چکاچوند ہونے لگی۔ وہ حسن کی تاب نہ لاکر بالکل ہی مدہوش ہو گیا۔

جب وہ ہوش میں آیا تو دنیا کی رعنائیاں اس سے دُور بہت ہی دور جا چکی تھیں وہ ہر ایک سے اس کے بارے میں پوچھ رہا تھا۔ کسی کے پاس اس کے سوال کا جواب نہ تھا۔ ہر شخص سوالیہ نگاہوں سے ایک دوسرے کا منہ تک رہا تھا۔

وہ کون تھی ——؟ کہاں سے آئی تھی ——؟ کہاں گئی؟ یہ کوئی نہیں جانتا تھا۔

شارق کمال شہزادہ سے بادشاہ بن گیا تھا لیکن اس کا دل نہ جانے کہاں کھو گیا تھا۔ وہ دیوانوں کی طرح ہر وقت روتا ہی رہتا تھا۔ اس کے دل و دماغ پر وہ اَن جانی ہستی چھائی ہوئی تھی جس نے اس کے ساتھ رقص کیا تھا۔ اس کی رگ رگ میں وہ نورِ مجسّم سمایا ہوا تھا۔ وہ اپنا کھانا پینا سب کچھ بھول گیا محفلِ عیش و نشاط ماتم کدہ بن گئی تھی پھر دل عزیز شاہ شارق کمال کی پریشانی سب کی پریشانی کا سبب بن گئی تھی۔

کون تھا جو درد کا درماں کرتا۔ کسی کی سمجھ میں کچھ نہیں آرہا تھا۔ وزیرِ اعظم مشیرِ خاص افتخار نے جگہ جگہ اس انجان ہستی کی تلاش میں خاک چھانی، لیکن اس کو ملنی تھی نہ ملی۔

اس نے شارق کمال کو مشورہ دیا کہ ایک مرتبہ پھر ایک ایسی ہی محفل منعقد کی جائے۔ ان تمام لوگوں کو مدعو کیجئے، جن کو سال گرہ اور تخت نشینی کی دعوت پر مدعو کیا گیا تھا۔ ہو سکتا ہے، ان ہی میں سے کوئی ہو آسانی سے پہچان لیا جائے گا۔

ایک مہینے تک انتظامات ہوتے رہے۔ چہل پہل تھی۔ خوشیاں تھیں۔ جل ترنگ۔ شہنائیاں اور بینڈ کی سریلی آوازیں فضا میں ارتعاش پیدا کر رہی تھیں۔

شہزادی یاسمین تڑپ اُٹھی۔ اس کا دل نہ جانے کیسا کیسا ہونے لگا۔ اس نے دروازے پر آکر ابو خاں کو آواز دی اور پوچھا کہ یہ دھوم دھام کیسی ہے؟

ابو خاں نے تمام واقعہ اس حسینۂ عالم کے آنے کا، اور شاہ شارق کمال کی محبت کا مفصل سُنا ڈالا۔ اور دعوت کی وجہ بھی بتائی۔

"مجھے پندرہ منٹ کے لئے جانے دو گے؟ شہزادی نے پوچھا

ابو خاں راضی ہو گیا۔

شہزادی یاسمین نے بقچی میں سے چاندکی پوشاک نکالی بناؤ سِنگار کیا۔ چاندکی پوشاک قیمتی زیورات، اور پھر وہ گاؤن اوڑھ کر دروازہ پر آئی ——— ابوخاں تالا کھول کر چھُپ گئے اور وہ تیزی سے نکل گئی۔

بال روم میں پہنچی، شاہ شارق کمال اپنا پچھلا رنج و غم سب کچھ بھول گیا۔ ساری دنیا کی رعنائیاں اس کے سامنے تھیں۔ وہ ڈارلنگ! کہتا ہوا اس کی طرف دوڑا۔

پھر دونوں مصروف رقص تھے۔ نورانی شعاعیں دور دور تک جا رہی تھیں، ایک بجلی تھی جو کوند رہی تھی، ایک شعلہ تھا جو بھڑک رہا تھا

شارق کمال کو اپنی سُدھ بُدھ نہ تھی۔ جونہی اس کی آنکھیں نشے سے بند ہوئیں۔ وہ کمان میں سے تیر کی طرح نکل کر غائب ہو گئی۔

بڑے بڑے فوجی پہرے لگائے گئے تھے لیکن کوئی اس کو گرفتار نہ کر سکا۔ شاہ شارق کمال نے ہوش میں آتے ہی اپنا سر پھوڑنا شروع کر دیا۔ وہ اپنی بدقسمتی پر چیخ چیخ کر رو رہا تھا۔ فوجی افسران اپنی اس زبردست ناکامی پر شرمندگی اور پشیمانی سے ایک دوسرے کا منہ تک رہے تھے۔

تمام امراء و وزراء پریشان تھے۔ کسی کی سمجھ میں یہ معمہ نہیں آرہا تھا "کیا وہ پری تھی ــــــــــ؟"

"نہیں وہ انسان تھی، پریوں سے کہیں زیادہ حسین، چاند کا حُسن، پھولوں کی نزاکت، غنچوں کا تبسم۔ دنیا کی تمام دوسری رعنائیوں کو جب جمع کیا گیا تو وہ ان جان ہستی چاند کی شہزادی بن گئی۔"

کئی دن گزر گئے۔ وزیر اعظم افتخار کی پریشانیاں بڑھتی جارہی تھیں۔ ایک شہنشاہ کی زندگی کا سوال تھا۔ جو ہر ایک کی آنکھ کا تارا ہر دل کو پیارا تھا۔

اس نے شارق کمال کو ایک ایسی ہی شاندار دعوت کرنے کا

مشورہ دیا۔ وہ راضی ہو گیا۔

وزیرِ اعظم افتخار انتظام کرنے لگا "پدم" کے چپہ چپہ پر سخت پہرہ لگا یا گیا۔ بال روم کو عروسِ نو کی طرح سجایا گیا۔ مہمانوں کو دعوت نامے جاری کئے گئے۔ مہمان آنا شروع ہو گئے۔ خوشیاں منائی جانے لگیں۔ خیرات کے دروازے کھل گئے۔ ہر خاص و عام کو منہ مانگا ملنے لگا۔

وزیرِ اعظم افتخار نے عرض کیا "عالی جاہ! آپ کو تکلیف تو ضرور ہو گی مگر چند گھنٹے کی تکلیف عمر بھر کی تکلیف سے زیادہ بہتر ہے۔ آپ اپنے بازو میں نشتر چبھو لیجیے۔ درد اور تکلیف کی وجہ سے حسن کا جادو چل نہ سکے گا اور آپ اس آن جان ہستی کو پالیں گے"

وہ راضی ہو گیا۔

"بہت خوب تمہارا مشورہ اچھا ہے۔ ہم اس پر عمل کرتے ہیں" اس نے اپنے بازو پر گہرا نشتر چبھو لیا۔

حسین نغمے فضا میں بلند ہوئے۔ شہزادی یاسمین کے دل میں ہلچل مچ گئی۔ اس نے ابو خاں سے جا کر وجہ پوچھی۔ ابو خاں نے تمام واقعہ سنا دیا۔

بدقسمت شہزادی یاسمین اپنی بدقسمتی پر پھوٹ پھوٹ کر

رونے لگی "کتنی بدقسمت ہوں میں۔ مجھ کم بخت کو موت بھی تو نہیں آتی ——— آج اور اپنی قسمت کو آزماؤں" وہ اُٹھی، ستاروں کی نازک اور دل فریب پوشاک پہنی۔ سونے کے حسین ترین بالوں کو ایک نئے فیشن سے سجایا۔ جھومر، ٹیکہ، ہار، انگوٹھیاں اور ایسے ہی تمام دوسرے قیمتی اور نازک زیورات پہنے۔ گاؤن اوڑھا۔ ابوخاں کو آواز دی۔ دروازہ کھولتے ہی ابوخاں چھپ گیا۔ وہ باغ میں گئی۔ گاؤن درختوں کی آڑ میں چھپایا اور بال روم کی طرف چل دی۔ شاہ شارق کمال اس حورِ آسمان کو دیکھ کر تڑپ اُٹھا "کہاں تھیں تمہارے حسن کی دیوی؟ چاند کی شہزادی!" اس نے بے خودی کے عالم میں کہا۔

اور پھر دونوں مصروفِ رقص تھے۔ ساز چھڑتے رہے نغمے بکھرتے گئے۔ اور وہ دونوں ایک دوسرے میں کھو گئے۔

شاہ شارق کمال ہاتھ میں انتہائی درد کی وجہ سے جلد ہی تھک گیا۔ ایک تھکے ہوئے مسافر کی طرح رقص کر رہا تھا۔ وہ نڈھال ہوتا گیا۔

شہزادی یاسمین نے موقع غنیمت جانا۔ اور پھر پھڑا کر وہ اس کی گرفت سے نکل گئی۔

شاہ شارق کمال گرنے نہ پایا تھا کہ سنبھل گیا۔ اپنی پوری قوت رفتار کے ساتھ اس کے تعاقب میں دوڑا ــــــ لیکن وہ کافی آگے جا چکی تھی ــــــ وہ صرف اس کو خوفناک قسم کا گاؤن اوڑھتے دیکھ سکا ــــــ اس کی سمجھ میں کچھ آیا کچھ نہ آیا وہ دل میں کہنے لگا "ارے وہ خوفناک بلا وہ عجوبہ شئے ضرور کوئی گہرا راز ہے" وہ واپس آگیا۔

شہزادی یاسمین فوراً ہی اپنے قید خانے میں گئی۔ ابو خاں نے تالا لگا دیا۔

ابھی وہ اپنے ہاتھ پاؤں اور چہرے کو ہی سیاہ کر پائی تھی کہ شاہ شارق کمال نے وزیر اعظم افتخار کو حکم دیا "اس عجوبہ شئے کو فوراً حاضر کیا جائے"

وہ حاضر کی گئی ــــــ

"تم کون ہو ــــــ؟" شارق کمال نے سوال کیا۔

دنیا کی سب سے زیادہ بد قسمت لڑکی" اس نے لرزتی ہوئی آواز سے جواب دیا۔

"میری سمجھ میں نہیں آرہا۔ آخر یہ معمہ کیا ہے؟" یہ کہتے ہوئے

شاہ شارق کمال نے بڑھ کر وہ خوفناک گاؤن کھینچ لیا ــــــ

سونے کے حسین ترین بال ہوا میں لہرانے لگے۔ ستاروں کی دلفریب پوشاک جھلملانے لگی ۔ وہ نورِ مجسم ہاتھ منہ پر سیاہی ملے ہوئے سامنے شرمندہ سی کھڑی تھی۔

شاہ شارق کے حکم پر اس کے ہاتھ منہ اور پاؤں وغیرہ دھوئے گئے ۔ایک چاند جو بادلوں میں چھپ گیا تھا نکل آیا جو اپنی تمام آب و تاب کے ساتھ ستاروں کے جھرمٹ میں اور بھی حسین و دل فریب نظر آرہا تھا۔

ہر شخص حیرت کے سمندر میں غوطے کھا رہا تھا۔ ہر انسان اِس راز کو جاننے کے لئے بے چین تھا۔

شاہ شارق کمال کے اصرار پر بدنصیب شہزادی یاسمین نے اپنی درد بھری داستان سنانی شروع کردی۔ اس کی حسین آنکھوں سے آنسو جاری تھے، اور وہ ہچکیاں لے رہی تھی۔

شاہ شارق کمال اور تمام دوسرے سننے والے بھی رو رہے تھے۔ جب شہزادی یاسمین اپنی دردناک سرگزشت سنا چکی تو شاہ شارق کمال نے اس کا سرد ہاتھ اپنے ہاتھ میں پکڑا اور اسے اپنے کمرے میں لے گیا اور شہزادی سے اس طرح مخاطب ہوا۔

"شرم و حیا کی دیوی! اچھی شہزادی!! مجھے معاف کرنا۔ میری وجہ سے آپ کو زندگی کے حسین دن تاریک قید خانے میں گذارنے پڑے۔ میں بے حد شرمندہ ہوں لیکن پیاری شہزادی جو کچھ آپ کے ساتھ ہوا وہ سب لاعلمی میں ہوا۔ کاش کہ ایسا نہ ہوتا!"

"قسمت کا لکھا پورا ہو کر رہتا ہے۔ عالی جاہ! اس میں آپ کا کوئی قصور نہیں۔ میں آپ کی بہت ہی شکر گذار ہوں۔ آپ نے میری زندگی کی ناؤ کو بھنور سے نکالا ہے۔ آپ میرے محسن ہیں۔" اس نے درد بھرے لہجے میں کہا۔ شاہ شارق کمال نے اس کی خوب صورت ٹھوڑی کو اوپر اٹھاتے ہوئے کہا۔

"یقین کیجیے جب سے میں نے آپ کو دیکھا ہے۔ میری حالت عجیب ہو گئی ہے۔ میری زندگی ویران ہے۔ مجھے ایک ہمدرد دوست کی۔ ایک سہارے کی اور ایک باوقار ملکہ کی ضرورت ہے۔ میں ایک بھکاری ہوں جو آپ سے بھیک مانگ رہا ہوں۔ کیا آپ میری ملکہ بننا پسند کریں گی۔" وہ سچ مچ بھکاریوں کی طرح گڑگڑا رہا تھا

"میرے محسن! میری زندگی کی ناؤ کے ناخدا اب آپ ہی ہیں مجھ سے پوچھنے کی ضرورت ہی کیا ہے۔ لیکن پتوار سنبھال کر ناؤ چلانی ہوگی۔ کہیں پھر میری ناؤ طوفانی لہروں کی نظر نہ ہو جائے۔"

اس نے شرماتے ہوئے بوجھل پلکیں اوپر اُٹھاتے ہوئے کہا۔
اور شاہ شارق کمال کو ساری دنیا ناچتی گاتی دکھائی دینے لگی
"شرمانے کی ضرورت نہیں شہزادی یاسمین !! اب ہم ایک دوسرے کے دوست اور ساتھی ہیں" شاہ شارق کمال نے اس کی جھجک دور کرنے کے لئے کہا۔ اور شہزادی یاسمین کے ہونٹوں پر ایک آن جانی مسکراہٹ ناچنے لگی۔
"ہاں ایک بات تو بتایئے" شاہ شارق کمال نے چونک کر پوچھا۔
"فرمایئے وہ کون سی بات ہے؟" یاسمین نے سوال کیا۔
"میں نے تو آپ کو قید خانے میں مقید کر دیا تھا۔ پھر آپ وہاں سے کیوں کر نکل آئیں ——— ؟" شارق نے پوچھا۔
"ایک مقناطیسی کشش نے اپنی طرف کھینچ لیا" اس نے جواب دیا
"ہائیں یہ بات ہے ——— ؟ نہیں بھئی سنجیدگی سے بتایئے" اس نے پھر سوال کیا۔
اور پھر شہزادی یاسمین نے پہرے دار ابّو خاں کی مختصر سی کہانی سُنا ڈالی۔ شاہ شارق کمال ..ابو خاں کی اس غیر معمولی بہادری اور ہمدردی کو سُن کر بہت ہی خوش ہوا۔

کچھ دن بعد شادی کی تیاریاں ہونے لگیں۔ یوں تو ہر انسان ہی خوش تھا لیکن وزیر اعظم افتخار۔ اور ابو خاں کی خوشیوں کا کوئی کوئی ٹھکانہ نہ تھا۔ اب ابو خاں ایک معمولی پہرے دار نہ تھا۔ اس کو شاہ شارق کمال نے ایک گاؤں بطور جاگیر انعام میں دے دیا تھا۔ ساتھ ہی وزیر اعظم افتخار کو دولت کے علاوہ بیشمار خطابات سے سرفراز کیا گیا تھا۔

ہر طرف خوشیاں ہی خوشیاں تھیں۔ بہاریں ایک دوسرے سے گلے مل رہی تھیں اور پھر ایک دن بڑی ہی شان و شوکت کے ساتھ ان کی شادی ہوگئی۔ وہ دونوں بے حد خوش تھے، ساری کائنات خوش تھی۔

اور پھر ایک رات کو شاہ شارق کمال نے اپنی چہیتی ملکہ یاسمین سے کہا " میری زندگی کے ساز کو مضراب کی ضرورت تھی۔ اور ایک خوفناک بَلا مضراب بن کر آگئی۔ جس نے میری زندگی کی تاریکیوں

میں نور بھر دیا۔" ملکہ یاسمین شرما گئی۔

چاند ہنسنے لگا۔ غنچوں نے قہقہے لگائے۔ شاخیں خوشی میں ایک دوسرے سے گلے ملنے لگیں۔ کائنات کا ذرّہ ذرّہ خوشی سے جھوم اُٹھا۔

"کہانی ختم۔ پیسہ ہضم" شنو باجی نے اپنا دوپٹّہ سنبھالتے ہوئے کہا۔

بچوں کے لیے دلچسپ کہانیاں

سات کہانیاں

مصنف: یوسف ناظم

بین الاقوامی ایڈیشن شائع ہو چکا ہے